ORAISON
FUNEBRE
PRONONCE'E DANS

L'EGLISE PAROISSIALE DE SAINT
Nicolas d'Evreux, au Service folennel fait par Meffieurs les Ecclefiaftiques de la Conference d'Evreux,
le 8. Octobre 1680. pour Monfeigneur l'Illuftriffime,
& Reverendiffime Evêque d'Evreux, Henry de Maupas du Tour.

PAR MONSIEUR DE S. MICHEL
Preftre du Seminaire d'Evreux, & l'un des
Ecclefiaftiques de la Conference.

Omnis multitudo videns occubuiffe Aaron flevit fuper
eo triginta diebus per cunctas familias fuas. *Num.* 20.

Aaron étant mort fous les yeux de tout le peuple, chacun le pleura
trente jours, au 20. Chap. des Nombres.

A ROUEN,
Chez la Veuve de Loüis du Mesnil, ruë
Neuve S. Lo, à la Croix d'Or.

M. DC. LXXXI,

ORAISON
FUNEBRE
PRONONCE'E DANS

L'EGLISE PAROISSIALE DE SAINT
Nicolas d'Evreux, au service solennel fait par Messieurs
les Ecclesiastiques de la Conference d'Evreux, le 8.
Octobre 1680. pour Monseigneur l'Illustrissime ; & Re-
verendissime Evêque d'Evreux, Henry de Maupas du
Tour.

PAR MONSIEUR DE S. MICHEL
Prestre du Seminaire d'Evreux , & l'un des
Ecclesiastiques de la Conference.

Omnis multitudo videns occubuisse Aaron flevit super eo
triginta diebus per cunctas familias suas. *Num.* 20.

Aaron étant mort sous les yeux de tout le peuple , chacun le pleura
trente jours , au 20. Chap. des Nombres.

LA mort du souverain Sacrificateur Aaron est un
spectacle de pitié pour les Hebreux, ce funeste
accident trouble tout leur camp , la seule vûë de la montagne où ce grand homme à payé le tribut à la natu-

A ij

re les attendrit, & a juger par les larmes qui se répandent dans chaque famille, on prendroit les pavillons de toute la nation pour des Temples consacrez à la douleur. Le silence, la tristesse & les soûpirs regnent par tout, & il n'y a pas un des enfans d'Israël qui ne pleure la perte d'un Pontife, qui avoit reüni à la qualité de Prince

Exo. 28. de son peuple * celle de pere par sa bonté, celle de Pasteur par son amour, celle de frere par sa cordialité, & celle de parfait amy par la part sincere qu'il prenoit aux interests de tout le monde.

Qui avoit confondu la sagesse de l'Egypte, dompté

Exo. 7. l'orgueil du plus fier des Roys, * passé en triomphe

Exo. 12. sur les terres, & sous les yeux du tyran. * Qui avoit vaincu Amalec, & arresté les insultes d'Ammon & de Moab par les vœux qu'il avoit adressez au Dieu des ba-

Exo. 15. tailles. * Qu'on avoit vû si souvent devant le Propitia-toire arrester le courroux du Tout-puissant. * Qu'on

Num. 20. avoit vû immoler tant d'holocaustes, & tant d'Hosties pacifiques pour le salut du public, & s'offrir soy-même à toutes les rigueurs de la Justice de Dieu comme une victime d'expiation pour les pechez de ses freres. * Qu'on avoit vû se jetter si courageusement

Num. 20. entre les vivans & les morts l'encensoir à la main pour éteindre ces flammes terribles qui vengoient sur un peuple ingrat & seditieux * l'outrage fait à leur Createur.

Num. 10. Et dont la sainteté enfin éprouvée dans tant d'occasions, & confirmée par une infinité de prodiges étoit autour de Jacob comme une muraille de bronze, * qui

Num. 16. le mettoit en assûrance contre tous les efforts de ses en-

nemis

nemis, & contre la colere de Dieu même. Non! les
Hebreux ne pûrent souffrir la perte d'un si puis-
fant appui sans se sentir penetrez de douleur. Ce
peuple farouche & demi barbare ne pût voir finir
une si belle vie, ni tant de merites & de vertus en-
sevelies avec ce Pontife, sans s'abandonner à des
gemissemens extraordinaires, *flevit super eo triginta*
diebus per cunctas familias suas.

Messieurs, vous prevenez sans doute ma pensée.
Ah! souvenons-nous du déplorable accident dont
nous avons été les témoins il y a deux mois. Repre-
sentons nous dans toutes ses circonstances ce moment cruel qui a été le dernier d'une vie si pre-
cieuse, & nous nous sentirons infailliblement en-
gagez a devoüer nos yeux aux larmes, nos bouches aux soûpirs, & nos cœurs à la pitié. Nous
avons perdu nôtre tres-Illustre, tres-aimé & tres-
honoré Seigneur, & Prelat Messire Henry de Maupas du Tour Evêque d'Evreux. Les Pauvres ont
perdu leur Ami, les Indefendûs leur Protecteur,
la Conference son Chef, le Clergé son Etoille,
& tout le Diocese son Pere. Ah cruelle mort!
devois-tu pas respecter cette bouche d'ou il est sor-
ti tant d'oracles, cette main qui a fait tant d'actions
eclatantes, cette teste si dignement Couronnée,
& toute cette Auguste personne si pleine de respec, & acompagnée de qualitez si rares. Pourquoi cruelle mort! Pourquoi nous avoir retiré cet
Astre, dont l'aspec nous étoit si favorable, & si

neceſſaire : il faut croire que nos pechez nous rendoient indignes de le poſſeder plus long-temps.

Nous ne le verrons plus, Meſſieurs, cet illuſtre Prelat, nous ne le verrons plus dans le ſanctuaire, élever ſes mains innocentes pour détourner l'epée de l'Ange exterminateur, & pour attirer ſur nous les benedictions du Ciel. Nous ne le verrons plus nous ſanctifier par ſes prieres, par ſes paroles & par ſes exemples. Nous ne joüirons plus du commerce tendre que la nature à établi entre le pere & les enfans : Une terrible deſtinée nous en ôte la liberté ; mais rien ne nous peut empeſcher de nous étendre ſur ſon tombeau, & de meſler nos larmes avec ſes cendres, comme un juſte tribut que nôtre reconnoiſſance doit à la charité ſouveraine qu'il a euë pour nous juſqu'au dernier moment. Pour moi rien ne me ſeroit plus ſeant, ni plus naturel que de me proſterner au pied de cette funeſte repreſentation, & d'offrir aux ombres d'un ſi ſaint Pontife les plus tendres & les plus ſinceres fruits de mon cœur, c'eſt à dire, mes ſoûpirs & mes larmes ; Mais Meſſieurs, le commandement que vous m'avez fait de paroître en ce lieu m'oblige à renoncer à mon inclination pour commencer ſon eloge.

Mon deſſein n'eſt pas, Meſſieurs, de loüer feu Monſeigneur l'Evêque d'Evreux comme on loüe les perſonnes du merite ordinaire. N'attendez pas s'il vous plaît que je vous entretienne de la Nobleſſe,

de la valeur, de la gloire, de la Religion, des grandes alliances, des Ambaſſades celebres, des ſages
gouvernemens de Villes & de Provinces de ſon
Illuſtre famille, ni de la bonne volonté que les
peuples ont toûjours euë pour elle, & de l'eſtime
particuliere que les Roys en ont faite.

S'il n'étoit pas plus grand par ſa vertu que par ſa
naiſſance, j'irois chercher la ſource de ſon genereux ſang juſques dans les ſepulchres des Teſtes Couronnées. Si ſa ſainteté n'étoit pas connuë dans toute la France, je voudrois déterrer ces Heros qui
ont gouverné Rheims, la Champagne & la Brie,
& dont la pieté s'eſt conſervée toute pure dans un
ſiecle ou la foy étoit menacée d'un naufrage uni-
verſel dans le Royaume. Si ſon ame n'avoit pas été
encor plus grande que ſa fortune, & s'il n'avoit
pas fait paroiſtre par tout un courage invincible,
je vous mettrois devant les yeux les trophées de
Jean-Baptiſte, & de Charles Armand de Maupas
du Tour devant le Catelet, Arras, la Motte & d'Un-
kerque. Enfin ſi ſon portrait n'éfaçoit pas ceux
de ſes Anceſtres, & ceux des alliances de ſa mai-
ſon, je vous les toucherois tous, & je vous y ferois voir des Cordons bleus, des Couronnes de
Ducs & Pairs, des Bâtons de Generaux d'Armées & de Mareſchaux de France, & des Ancres
d'Amiraux.

Mais je n'ay pas beſoin de ces ornemens étran-
gers, je travaille ſur un fond trop riche. Vos yeux

ont vû , Meſſieurs , en la perſonne de cet Illuſtre
defunt , une vie toûjours pleine , & dont le cours
n'a été qu'un enchainement d'actions egalement
ſaintes & glorieuſes. Vos yeux lui ont vû fournir
la carriere d'un long Epiſcopat avec un courage
toûjours ferme , & une conſtance par tout immo-
bile. Ainſi je craindrois juſtement vôtre cenſure ,
ſi je lui faiſois une couronne du bien d'autruy. Je
ſuis perſuadé d'ailleurs que la haute opinion que
vous avez de ſa perſonne vous le fera paroiſtre
ſoûtenu de tout ſon merite , quand même je ne vous
preſenterois ſon tableau qu'a demy fait. Le peu
de temps que je dois avoir l'honneur de vous entretenir de la gloire de ſes actions m'ôte la liberté
de vous en expoſer le nombre , parce qu'il eſt in-
fini , & de vous en toucher les motifs , car pour le
faire , il faudroit avoir penetré toute la grandeur
de ſon ame. Je tâcheray ſeulement de les regarder dans leurs principes , en vous faiſant voir que
le cœur de nôtre ſaint Evêque a été un cœur d'A-
pôtre , ſa bouche une bouche de Prophete , & ſa
main la main d'un pere ſage & genereux.

Je puis dire de feu Monſeigneur d'Evreux ſans le
flatter , que la grace la ſaint auſſi-toſt que la nature l'a fait homme. Son ame étoit l'une de ces ames
choiſies ſur leſquelles le Createur n'a que de grands
deſſeins , & a qui il ſe fait un plaiſir de ſe communiquer avec profuſion. Il eſt jeune à la verité ,
mais les plus ſeveres cenſeurs de ſes actions ne le
ſçauroient accuſer de jeuneſſe.   II

Il cultive ses tendres années comme le fond précieux des services qu'il espere rendre à l'Eglise, il
menage jusqu'au scrupule les mouvemens de la
grace qui le demande tout entier pour Dieu. Et
afin de n'avoir rien à se reprocher, il se dépoüille
du droit d'aisnesse à treize ou quatorze ans, &
comme s'il vouloit s'élever au dessus de sa propre
gloire, il immole à Jesus-Christ Crucifié les grandes qualitez de sa personne avec un jugement qui
étonne sa famille.

Il a apris de saint Cyprien que la chasteté vir- *Lib. de*
ginale est l'ame d'un Ecclesiastique, & que cette *pudic.*
divine vertu est l'Ange tutelaire d'un corps con-
sacré à Dieu. Il sçait que Tertullien a enseigné * *Lib. de*
que les personnes de l'autre sexe sont Comettes pour *vel ad.*
le sacré Clergé, & des Basilics qui portent la fou- *virgin.*
dre dans les yeux, & qu'elles sont des ennemis
d'autant plus à craindre qu'elles paroissent bien-fai-
santes & innocentes. Il se fait une regle des sentimens
de ces deux grands Docteurs; & dans un temps que
sa personne est acompagnée de tout ce que la delica-
tesse de l'esprit, la Noblesse du sang, & la plus belle saison de l'âge peuvent donner à un jeune Seigneur; loin de rien faire contre son devoir, il se
retranche de toutes parts dans son interieur, il prend
l'alarme de tout, & on peut dire avec sincerité qu'il
a les yeux du Dragon de la Fable toûjours ouverts
à la garde d'un thresor dont il craint plus la perte que celle de sa vie, & que saint Bernard, saint

Thomas & faint Charles fi celebres par leur rare
chafteté , n'ont jamais eü plus d'horreur & de mépris pour certaines creatures fans confcience & fans
honneur , que nôtre jeune Abbé en témoigna à une
perfonne de Paris laquelle ofoit lui faire des ouvertu-
res qui lui paroiffoient trop libres pour une femme.
Son cœur étoit un Temple ou la vertu trouvoit toûjours fes Autels & fes victimes , ou fi vous l'aimez
mieux , c'étoit un Trône ou la vertu paroiffoit toûjours Couronnée. Son cœur étoit femblable au
Nil qui n'exhale jamais de mauvaifes vapeurs , &
dont les eaux ne prennent point les méchantes
qualitez des lieux par ou elles paffent.

1. Mac.   L'Ecriture m'aprend * que le Preftre Phinées
2.   merita la fouveraine Sacrificature pour s'eftre dif-
tingué par un genereux zele à vanger l'action lâ-
che & brutale de Zamri qui fcandalifoit Ifraël. La
pieté me fait croire que Monfeigneur d'Evreux s'eft
rendu digne de la plenitude du Sacerdoce de Jefus-
Chrift pour avoir confacré les commencemens de
fa Clericature par un acte fi heroique ; & que c'eft
par une fi belle porte qu'il eft entré pour toûjours
dans le chemin royal de la vertu & de la gloire.
Et je ne penfe pas fortir du bon fens fi je regarde
comme les fruits d'une fi fainte demarche toutes les
graces victorieufes dont-il a eü befoin pour confom-
mer fa courfe avec autant de bon-heur & de fuccés
qu'il a fait. En effet, il femble que depuis cet heureux
moment toutes les vertus lui foient devenuës comme

naturelles ; un Sage Evêque qui connoiſſoit le fond
de ſon interieur lui conſeille de reçevoir les ſaints
Ordres : Cette propoſition lui fait frayeur , ſon humilité ne lui permet pas de remarquer dans ſa perſonne les qualitez qu'il faut avoir pour entrer dans
l'aliance intime de l'Egliſe , & pour en devenir l'E-
poux. Quand il penſe aux myſteres terribles de la
Religion dont les Preſtres ſont les dépoſitaires , il
humilie ſes yeux & ſon cœur , & on ne peut le
reſoudre à les toucher , ſinon apres en avoir de-
mandé la grace à celui qui en eſt l'Auteur par tous
les exercices d'une ſerieuſe retraitte.

La Cour eſt une demeure dangereuſe , trop ſouvent les plus grands feux s'y éteignent , & les aſtres
les plus brillants s'y étouffent dans leurs propres lu-
mieres. C'eſt là neanmoins ou la vertu de nôtre Illuſtre deffunt ſe couronne , c'eſt un feu qui ne s'éteint
pas au vent , mais qui s'y allume , il y vit auſſi cha-
ſte , auſſi humble , auſſi plein de Religion & de
picté que s'il étoit en ſolitude , ſemblable au rayon
du Soleil qui paſſe par tout ſans ſe ſalir. Le commerce qu'il a avec les Roys lui aprend à pratiquer
la vertu des Roys , c'eſt à dire , la clemence. Au
retour de ſon triomphant voyage d'Italie que le Roy
& le Clergé perſuadez de ſon puiſſant genie & de
l'étenduë de ſa capacité pour les affaires , l'avoient
prié d'entreprendre pour la gloire de la Religion ,
de petits eſprits lui veulent briſer ſes Palmes dans
les mains , & noircir la reputation qu'il s'étoit aqui-

se dans la Cour de Rome & dans celle de France par son courage, par sa suffisance & par sa sainteté. Ils s'avisent de faire un Libelle dans lequel ils degorgent contre sa personne sacrée tous les outrages que leur mauvaise humeur peut inventer.

Au moment qu'on lui en aporte la nouvelle, il se prosterne contre terre, il se laisse aller à des sentimens de reconnoissance envers Dieu, & envers ceux qui lui font la grace de le crucifier, il baise la main qui le frape, & comme si les mouvemens de son cœur n'étoient pas assez animez, & que les paroles de sa bouche fussent trop languissantes pour reconnoître ce bon office, il s'adresse à tous les hommes, & il les conjure de tout son cœur de lui aider à s'en aquitter dignement *laudate dominum omnes gentes &c.* * Il entre dans le sanctuaire ce Libelle à la main, il l'expose, non pas aux yeux du Dieu des vengeances comme le Roy Ezechias exposa la Lettre sacrilege de Sennacherib ; * mais aux yeux du Dieu des misericordes, il le met sur l'Autel ou il va dire la Messe, & tenant Jesus-Christ entre ses mains, il supplie le Pere Eternel par le Sang adorable de la victime qu'il a l'honneur de lui offrir, d'oublier pour jamais l'insulte qu'on fait à sa personne, & que ses pechez en meritent infiniment davantage. *Pater dimitte illis non enim sciunt quid faciunt.* * Calomniateurs ? avez-vous entendu parler d'un cœur plus genereux ? d'un cœur qui ressente plus son Apôtre, & qui sçache

Psal. 116.

4. Reg. 19.

Luca 23.

che

che benir de meilleure grace ceux qui lui donnent des malediction? *maledicimur & benedicimus.* * Vous ₁. Cor. deviez fçavoir que ce judicieux Evêque n'avoit pas 4. travaillé avec tant d'application & de fuccés à faire Canonifer des Saints fans avoir profité de leurs exemples, & fans s'eftre fait un S. lui-même, & ainfi que bien loin de faire tomber fa Couronne, vous ne feriez que l'affermir & la rendre plus éclatante par vos calomnies?

Si j'avois cette éloquence victorieufe qui foûtient avec dignité les grands fujets, & fi Dieu m'avoit donné ces expreffions nobles qui fçavent mettre fous les yeux les images naturelles de la vertu, Meffieurs, quels fentimens de veneration & d'amour ne ferois-je pas naître dans vos cœurs pour le fien. Je vous le reprefenterois comme ces fources fameufes de Paleftine & d'Ethiopie dont les eaux ne fortent de leur lict qu'avec jugement, & qui ne s'enflent que pour caufer la fecondité & l'abondance: Où bien comme ces feux qui ne fortent du centre de la terre que pour faire prefent aux hommes de ce qu'elle renferme de plus précieux dans fon fein. Je vous le ferois voir comme le cœur de l'un de ces grands Anges dont parle le Prophete Ifaie, * qui font les fpectateurs immortels *Ifaie* de la gloire du Seigneur, qui font jour & nuit dans ⁶. des tranfports d'amour, & qui adorent eternellement la Sainteté du Dieu des armées. Je vous le dépeindrois comme l'Autel d'or du Temple de Jeru-

D

lem fur lequel on n'immoloit que des victimes pré-
cieuſes , * & dont la fumée paſſoit dans le Sanctuaire , & alloit inveſtir le Trône de Dieu pour
folliciter ſa clemence , & pour defarmer ſa colere.

Combien , Meſſieurs , ce grand cœur a-t'il fait
de vœux pour la gloire du Dieu qu'il adoroit ? Combien a-t'il pouſsé de ſoûpirs pour les fautes com-
miſes contre une ſi haute Majeſté ! Qu'eſt-ce que
ſon amour n'a point fait pour deffendre ſes Autels , & pour lui en ériger de nouveaux ? Combien
de fois les perſonnes qui ont eü l'honneur de l'entretenir & d'entrer dans ſa confidence lui ont
elles entendu dire qu'il étoit toûjours preſt à mourir pour ſon ſervice , & que le jour qui lui pre-
ſenteroit l'occaſion de ſacrifier ſes biens , ſon honneur & ſa vie pour les intereſts de ſon Dieu , ſeroit pour lui un jour de triomphe. A-t'on vû un
cœur plus inviolablement attaché aux vertus , aux
maximes , & à la perſonne de Jeſus-Chriſt ? A-t'on
vû un amour plus pur & plus inakerable que l'é-
toit celui de ſon cœur pour cet Homme Dieu ?
Pouvoit-il pas dire qu'il étoit à l'épreuve des dan-
gers, des mépris , des inſultes , & de la mort même ,
& de toute la mauvaiſe volonté des hommes &
des démons comme celui de ſaint Paul *quis nos ſe-*
parabit à charitate Chriſti ? an anguſtia &c. * A-t'on
vû un amour plus judicieux que celui que ce grand
Evêque avoit pour la tres-ſainte Vierge ? Ne rendre pas des repects profonds à cette Reine des An-

*Exod.
15.*

Rom.8.

ges & des hommes , c'étoit le toucher par l'endroit fenfible , il fe déclaroit ennemi des ennemis de la Mere de fon Dieu , il avoit confié à fa
protection fon Diocefe , fa famille , fa perfonne &
fon falut , & il ne pouvoit fouffrir ceux qui refu-
foient de fervir & d'aimer une fi aimable Maîtref-
fe ; mais tous fes devoirs étoient reglez pour la veritable pieté , fon amour étoit un amour de con-
fiance fans préfomption , il étoit tendre fans foi-
bleffe , il étoit religieux fans fuperftition.

A-t'on vû un amour plus entreprenant & plus
laborieux que celui qui reignoit dans fon cœur pour
l'Eglife. On auroit dit que le zele brûlant qui l'ani-
moit fans ceffe le faifoit tout bouche , tout main
& tout œil.

Centum fronte oculos , centum cervice gerebat.

On auroit dit que ce zele infatigable avoit trouvé le fecret de le reproduire en plufieurs lieux en
même temps , où d'en faire une intelligence qui
rempliffoit tout , qui voyoit tout , qui agiffoit par
tout. La charité de Jefus-Chrift le preffe , *Chari-*
tas Chrifti urget nos , * & comme l'amour étoit tou- 2. *Cor.*
te la vie de fon cœur , fa bouche ne parloit que 5·
de Synodes , de Kalendes , de vifites , de Conferences & de Miffions , il n'eft pas content s'il n'eft
fur pied , il aprehende la furprife , il regarde toutes les Eglifes de fon Diocefe comme autant de de-
pofts dont il fera contable au Souverain Pafteur.

C'eft fur ce fondement qu'il les vifites avec tant

de vigilance, qu'il les confole avec tant de tendreffe, & qu'il les foûtient avec tant de fermeté. C'eft fur ce fondement qu'il confidere tous ces Diocefains comme ces chers enfans, qu'il les porte jour & nuit dans fon cœur, & qu'il leur donne avec plaifir tous les momens de fa vie comme à des victimes faintes qu'il eft toûjours preft d'arofer de fon fang. *In cordibus noftris eftis ad commoriendum & ad convivendum .... non anguftiamini in vifceribus noftris.* *

2. Cor.

6. C'eft cet amour tendre & vigilant qui a tiré de fa bouche cette mémorable parole, qu'il fe feroit cru coupable de peché mortel, & de la damnation eternelle, s'il s'étoit abfenté un feul jour de fon Diocefe fans une jufte neceffité. C'eft cet amour qui a été le principe de tant d'entreprifes qu'il a conduites fi judicieufement, & qu'il a executez avec tant de bon-heur, c'eft lui enfin, qui l'a fait tomber fur fes trophées, c'eft lui qui l'a enfeveli dans fon triomphe, & qui lui ayant donné un cœur d'Apôtre, lui a en même temps donné une bouche de Prophete.

Lors que Dieu appela Jeremie au miniftere de Prophete, il voulut bien lui faire l'honneur de confacrer fa bouche par l'atouchement de fa main toute puiffante *mifit dominus manum fuam & tetigit os meum,* * pour lui faire connoiftre par cette ceremonie, que fa bouche devenoit un Temple d'où il ne fortiroit que des oracles qui feroient recueillis avec refpec par les peuples, & par les puiffan-

Jer. 1.

ces,

ces , & pour lui donner une certitude entiere que
ses paroles auroient le même pouvoir que celles
de Dieu pour planter & pour aracher , pour bâtir & pour détruire , & qu'elles seroient une colonne de fer pour soûtenir l'innocence , & un mur
d'airain contre lequel toute l'impieté de l'Asie se
viendroit briser. *Dedi te in columnam ferream , &
in murum æreum.* * Je puis dire que c'est ainsi que *Ier. 13*
Dieu en a usé à l'égard de feu Monseigneur d'E-
vreux , & que sa providence l'a donné à l'Eglise
afin que sa bouche en fût la colonne , le bouclier
& l'épée. Je sçay bien que sa consecration n'a pas
été sensible comme celle de Jeremie ; mais je ne
puis douter qu'elle n'ait été incomparablement plus
miraculeuse , puisque Dieu ne s'est pas contenté d'y
mettre une main ; mais qu'il a voulu y employer
la plenitude de sa puissance , pour lui communiquer la plenitude de sa grace , & pour reünir en
sa personne les prérogatives des plus grands Pro-
phetes.

C'est une verité , Messieurs , à laquelle vôtre
bonne foy rendra toûjours témoignage , vous sça-
vez que dans la Chaire ce grand Prelat étoit élevé
comme Isaie , terrible comme Ezechiel , touchant
comme Jeremie , & tendre comme Daniel. Quand
il vous a parlé de Dieu , en avez vous entendu parler plus dignement ? Auriez-vous pas crû que cet Ai-
gle auroit été conçû & nourri dans le sein du Soleil ? Auriez-vous pas crû qu'il auroit penetré ces

E

secrets que saint Paul appelle des mysteres ineffables, & dont cet Apôtre tout éclairé qu'il étoit ne nous a parlé que par monossylables. Quand il a sondé ces abymes sans fond & sans rive, & qu'il vous a fait voir un Dieu sur le Trône de sa gloire, soûtenu d'une infinité de qualitez & de perfections infiniment infinies, est-il pas vray que l'élevation de son esprit, & la profondeur de son jugement vous ont étonnez, & que vous vous étes sentis penetrez de crainte, de respec & d'amour pour la majesté qu'il vous Preschoit ? Quand il vous a parlé des jugemens de Dieu, & de ces redoutables veritez que la foy nous enseigne, & qu'elle nous deffend d'aprofondir, la terreur qui reignoit dans sa bouche, & qui accompagnoit ses paroles n'a t'elle pas frapé vos cœurs ? Et vos yeux comme les interprétes sinceres de vôtre interieur n'ont-ils pas répandu des larmes ? demeurez-vous pas d'accord que les choses ordinaires devenoient rares dans sa bouche, & qu'il ne vous a jamais entretenus des maximes les plus communes du Christianisme, que vous n'ayez été édifiez & attendris ?

Pour moi je ne sçaurois retenir la verité prisonniere de l'injustice, je confesse sincerement que je n'ay point attendu Prescher d'une façon plus aisée, plus naturelle, plus profonde & plus touchante, & qui ressentît mieux son grand Evêque & son veritable sçavant ; & que les jours que j'ay eü le bonheur de l'entendre parler de Dieu, de la Religion,

2. Cor.
12.

& des obligations du Clergé feront toûjours pour
moi des jours de refpec & de reconnoiffance. Lors
que je fais réflexion à la chafte éloquence de ce
grand homme, je me fouviens de la nuée qui fut
autrefois la noutrice des Hebreux * & qui fournit *Exod.
à leur dépenfe pendant quarante ans avec autant 16.
de profufion & de delices, que s'ils euffent été des
Roys. Où bien je me reprefente ces grandes ri-
vieres qui ne fe grofliffent point aux dépens des autres ; mais qui trouvent leur fuffifance dans leur
propre fond, & lefquelles venant à paffer par des
mines d'or roulent pompeufement leurs eaux enri-
chies de ce précieux metail, & portent les richef-
fes & la joye dans tout les lieux qu'elles arro-
fent.

Dans le temps que la providence l'éleva au gou-
vernement de l'Eglife du Puy, c'étoit une re-
gion prefque toute couverte de l'ombre de la mort,
& on peut dire avec l'Ecriture, qu'il trouva la
plûpart du peuple dans une effroyable folitude, &
dans un lieu d'horreur, *invenit eum in loco horroris,
& vaftæ folitudinis*; * mais on peut dire auffi qu'au *Deut.
moment qu'il y eut mis le pied, on vid paroître 32.
une colonne de feu qui diffipoit les tenebres, &
qui changeoit heureufement les nuits en autant de
jours pleins de confolation *populus qui fedebat in ti-
nebris vidit lucem magnam.* * Jamais le vice n'a trou- *Iafe
vé d'ennemi plus rude, & jamais les débauchez 9.
n'ont trouvé d'Evêque plus courageux & plus dé-

terminé à les combatre. Ces exemples font des
juges qui les condamnent, & fes paroles font des
foudres qui les renverfent & les écrafent. Sa bouche eft une bouche tonnante comme celle d'Elie.
Il fort de la bouche de ce Prophete des globes de
feu qui réduifent en cendres les Officiers du mal-
4. *R:g.* heureux Prince Okofias. * La bouche de nôtre
1. faint Evêque eft une fource de flammes qui fe répandent dans fon Diocefe, qui s'atachent à l'erreur, & qui l'a perfecutent par tout où elle fe retranche, qui font la guerre à l'avarice, à l'impureté & à
l'orgueil, qui démoliffent les Temples & les Autels de
ces infames divinitez, qui jettent l'effroy dans l'a-
me de tous les méchants, & dont l'odeur eft une
odeur de mort pour ceux qui veulent mourir, &
une odeur de vie pour ceux qui veulent vivre, *odor*
2. *Cor.* *mortis in mortem, odor vitæ in vitam.* *
2.

Je n'ay rien lû de plus beau dans les actes de
faint Paul que l'application avec laquelle il travail-
la dans fa prifon de Rome à la converfion d'un ef-
Ones clave fugitif, * & fi je ne me trompe, il n'eft rien
ime. forti de plus tendre & de plus fort de la bouche de
ce divin Apôtre, que la Lettre qu'il écrivit au maî-
Ad tre de cet efclave * pour faire fa paix auprés de lui.
philem. Je ne découvre rien de plus édifiant dans la vie du
Prelat que nous pleurons, que le foin paternel
avec lequel il s'eft attaché à inftruire lui-même les
pauvres dans les Hôpitaux & les habitans des mon-
tagnes. Il ne regarde pas la baffeffe de leur naiffance

fance & de leur éducation , il refpecte l'Image du
Createur par tout où il l'a trouve , il fait de bon
cœur ce que faint Gregoire le grand faifoit avec
plaifir , & il s'eftime plus heureux à l'exemple de ce
faint Pape , d'aprendre à un Berger à faire le fi-
gne de la Croix & à connoître les myfteres de nôtre Religion , que s'il adjoûtoit la moitié du monde à fa fortune.

Ses voyages ne diminuent rien de fa pieté ni de
celle de fes domeftiques, fon Caroffe eft un Temple
branlant où l'on immole à Dieu le facrifice de loüan-
ge. L'oraifon de bouche & de cœur s'y fait avec
exactitude , les pauvres qui s'en aprochent en fou-
le , font affeurez d'y trouver une double aumône.
Et comme fi cet admirable Evêque étoit l'Evêque
de tous les lieux où il paffe , fi-tôt qu'il eft arrivé
à l'hôtelerie , il fait affembler tous les enfans toûjours dans l'Eglife , fi cela ce peut. Sa profonde
humilité , que j'apelle fa vertu favorite , qui a été
la fidelle compagne de fa vie, qui l'a empefché
d'accepter l'Archevêché de Touloufe , & qui lui
a fait dire tant de fois ce grand mot qui merite
l'immortalité , fçavoir que l'orgueil n'a jamais fait
que des diables & des damnez , fa profonde humilité , dis-je , aneantit toutes fes grandeurs pour le
faire enfant avec les enfans , il ouvre fes bras &
fon cœur à ces ames innocentes à l'imitation de
Jefus-Chrift , il les régale de petites dévotions , &
par fes manieres infinuantes & tendres , il leur in-

E

ſpire les veritables ſentimens de la Religion & de la pieté.

Je ne touche point la réputation qu'il s'eſt ſi le-gitiment acquiſe dans les Etats du Languedoc par ſon air facile & naturel à parler des grandes cho-ſes, & à les penetrer, & par ſon bon-heur à s'ac-quiter des députations importantes; mais je ne puis m'empeſcher de vous dire, Meſſieurs, que tant de belles & ſaintes paroles qui ſortoient de ſa bou-che lui ont merité l'honneur d'aprendre au Fils aiſné de l'Egliſe dans ſes jeunes ans le zele, le reſ-pec & l'amour qu'il devoit avoir pour ſa mere, & de faire connoiſtre au plus grands des Roys, que le plus bel endroit de ſa Couronne étoit l'atachement inviolable qu'il avoit au ſervice & Autels de celui, devant lequel les conquerants ne ſont que pouſ-ſiere, qui briſe leurs Sceptres dans leurs main com-me des roſeaux, qui les fait décendre du Trône ſur le fumier, & qui les frape de la foudre quand il lui plaiſt malgré tous leurs lauriers.

Les grands hommes ne ſont pas nez pour eux, ou pour leur famille, ni même pour une ſeule Na-tion, tout le monde à droit ſur leurs perſonnes. Ce ſont ces grands baſſins dont parle le ſaint Eſ-prit * leſquels doivent ſe répandre par tout, & qui le peuvent faire ſans rien perdre de leur plenitu-de. Ce ſont des Aſtres qui doivent faire le tour du monde pour lui communiquer la lumiere, la chaleur & la vie, & pour lui faire part des dons

Prov. 5.

qu'ils ont reçûs de la main liberale du Creatéur. Les talens de Monseigneur d'Evreux se font fait sentir avec succés dans la France, il n'y a aucune des Provinces de ce grand Royaume, où il n'ait laissé des marques de son zele, & où il n'ait fait des conqueftes à Jefus-Chrift, tout cela neanmoins eft peu de chofe pour lui, toutes fes victoires lui paroiffent défectueufes quelques complettes qu'elles foient, & il croira toûjours avoir manqué à ce qu'il doit à fon Dieu & à fa Patrie ; s'il ne Prefche Jefus Crucifié dans la Capitale du Chriftianifme, & s'il ne porte la gloire de fa Nation jufques fur le Trône des Maîtres du monde.

Rome a nourri des Orateurs qui fçavoient defarmer les Souverains en colere, & qui fçavoient triompher du jugement de leurs Auditeurs, & les conduire par tout où ils vouloient. Rome void dans fon fein un Evêque étranger qui Prefche d'une même force, & avec une même felicité en François, en Italien, en Grec, en Latin, &c. & dont l'éloquence toute puiffante a trouvé le fecret d'enchaîner le cœur & l'efprit, & de fe faire demander quartier toutes les fois qu'elle entre au combat, & fi Rome n'étoit pas en poffeffion de l'efprit de difcernement, je croirois fans peine qu'elle auroit pris ce fçavant Prelat pour un homme miraculeux l'entendant parler tant de Langues differentes. Mais, Meffieurs, j'ay mauvaife grace d'ofer loüer une bouche qui a été loüée fi fouvent & fi hautement par

une bouche dont une feule parole & un panegy-
rique : Non, Meſſieurs , il ne m'apartient pas de
loüer cette bouche , auſſi je me retranche dans le
reſpec que j'auray toute ma vie pour elle , afin de
vous faire voir que ſi le cœur de nôtre S. Evêque a
été un cœur d'Apôtre , & ſa bouche une bouche
de Prophete , ſa main a été la main d'un Pere ſage
& genereux.

Quoy que la bouche & la main ſoient deux pieces reünies dans un même corps , il eſt vray que
tres ſouvent il n'y a rien de plus éloigné que ces
deux parties le ſont l'une de l'autre. Il eſt aiſé de
s'aſſoir ſur la Chaire de Moyſe , & d'y parler d'un
ton de Prophete ; mais de vivre comme Moyſe a
vécu , c'eſt une choſe auſſi loüable qu'elle eſt ex-
traordinaire. C'eſt neanmoins un oracle ſorti de
la bouche du Fils de Dieu , que le caractere de la
veritable grandeur conſiſte uniquement à faire mar-
cher de même pas la bouche & la main , & ce ſeroit une étrange erreur d'en juger autrement , *qui*
fecerit & docuerit hic magnus vocabitur.

C'eſt cet heureux temperament que la grace a
fait trouver à Monſeigneur d'Evreux. Sa bouche
& ſa main ont toûjours été dans une parfaite intelligence , il a bien dit , il a encor mieux fait. Sa
bouche lui a fait honneur , & ſa main lui a érigé
des trophées qui publiront ſa gloire à jamais , &
comme Dieu lui avoit donné l'un de ces grands
cœurs qui ne ſe dérobent pas aux uns pour ſe
donner

donner aux autres , mais qui font tout à tous , & qui
aiment univerſellement les hommes & les bonnes
choſes , ſa main c'eſt étenduë par tout , elle a été
favorable à tous , & a apuyé le bien dans toutes les
occaſions.   De ſorte qu'on peut dire de lui qu'il a
été également puiſſant en actions & en paroles *po-*
tens in opere , & ſermone. Son experience & ſa pene- *Lucæ*
tration lui avoient apris que la décadence du Chri- 24.
ſtianiſme ne peut venir que de deux cauſes , c'eſt
à dire , de ce que les Laiques ne connoiſſent pas le
Dieu qu'ils adorent , & de ce que les Eccleſiaſti-
ques ne ſont pas perſuadez de la grandeur de
leurs obligations , & que pour rétablir la Religion
dans ſa pureté , il falloit aller à la racine du mal ,
& combattre ces deux deſordres dans leur ſource.
C'eſt ce grand œuvre qu'il a entrepris avec tant
de zele , & qu'il a ſi heureuſement executé.

Il n'y avoit que deux moyens pour remédier au
premier , les Miſſions & les petites Ecoles.   Les
Miſſions , pour aprendre aux perſonnes avancées
en âge , qui avoient le nom de Chrétiens , ſans
en avoir les connoiſſances , comment ils devoient
remplir leurs devoirs par raport à Dieu , par raport
au prochain , & par raport à eux-mêmes , & combien ils étoient obligez d'honorer leur Baptême
par l'innocence de leur vie.   Les petites Ecoles,
pour y cultiver les jeunes plantes du Chriſtianiſ-
me , & pour leur faire porter des fruits digne de
leur ſainte Religion. L'a-t'on pas vû s'appliquer de

de tout fon cœur à ces deux fonctions veritablement Apoftoliques ? L'a-t'on pas vû confacrer fes
plus belles années aux Miffions , & en foûtenir le
travail avec un zele tout de feu , & la dépence avec
une liberalité édifiante dans plufieurs endroits du
Royaume , mais particulierement dans les deux Diocefes que la providence lui avoit confiez , & ne
fçait-on pas qu'il en a fondé , lefquélles Prefcheront
toûjours le defir qu'il avoit du falut des ames ? L'a-
t'on pas vû folliciter par tout l'établiffement des
petites Ecoles , en ériger dans les Villes & dans les
Campagnes , & les mettre entre les mains de perfonnes qui ont fait honneur à fon choix ? Et à juger par
l'exactitude avec laquelle il vifitoit ces petites Aca-
demies fi utiles à l'Eglife , auroit-on pas dit qu'il n'a-
voit du cœur & de la bonne volonté que pour elles ?

On a toûjours crû que les Seminaires & les Conferences étoient des moyens affurez pour faire naître,
& pour entretenir l'efprit de pieté & de doctrine dans
le Clergé , & pour conferver à ce facré Corps la
dignité & le refpec qui le doivent accompagner
par tout. Saint Auguftin n'a point pris d'autres mefu-
res pour rendre l'Eglife d'Hippone fi floriffante , &
pour faire tant de fçavants Preftres , & tant de faints
Prelats ; & faint Charles n'a point trouvé d'armes
plus puiffantes pour combattre & pour deffaire les
monftres d'ignorance & de libertinage qui reignoient
dans le Clergé de Milan. On aprend dans les Seminaires à faire la guerre à fes paffions & à fe vain-

cre foy-même ; on aprend dans les Conferences
à fe mefurer avec l'ennemi & à le battre. On
aprend dans les Seminaires à couvrir le camp d'I-
fraël avec le bouclier ; & dans les Conferences, à
forcer avec l'épée celui des incirconcis.

Les Seminaires font femblables à ces Temples
des Anciens, où l'on ne pouvoit demeurer quelque
temps fans fe fentir penetré de Dieu, & d'où on
ne fortoit qu'avec l'efprit de fainteté & de Religion.
Les Conferences font femblables à ces fontaines que
les fiecles idolatres ont tant vantez, & dans les eaux
defquelles chacun rencontroit le remede à fon mal.
Les Seminaires font la Tour de David, où l'on trou- *Cant.*
ve des armes offenfives & deffenfives pour toutes les 4.
occafions. Les Conferences font la Tour du Liban ★ *Cant.*
qui couvre la Judée, qui arrefte les entreprifes de Da- 7.
mas, & qui ruine les deffeins des Roys de Sirie. Les
Seminaires enfin & les Conferences font des arbres
qui portent en tout temps des fruits de fcience &
de vie. C'eft pour cela que l'Eglife preffe d'une
maniere fi forte dans fes Conciles generaux & par-
ticuliers l'établiffement des Seminaires ; & qu'un
Souverain Pontife a bien voulu faire des vœux *Alex.*
pour les Conferences, & leur donner la benedi- 7.
ction Apoftolique avec une bonté digne lui.

Vous fçavez, Meffieurs, ce que Monfeigneur
d'Evreux a fait pour procurer ces fecours aux deux
Diocefes qu'il a gouvernez fi faintement. A juger
par les démarches qu'il a faites pour le Seminaire

du Puy & pour celui d'Evreux, il femble qu'on void David furfoir toutes les affaires qui fuivent par tout la Royauté, & oublier même ce qu'il doit à la confervation de fa perfonne pour faire reüffir le deffein qu'il avoit de bâtir un Temple à fon Dieu

Pfal. * fi dedero fumnum oculis meis donec inveniam locum do-* *131.* *mino.*

Sa vie a été un Globle de Criftal dans lequel nous avons remarqué toutes les qualitez que faint Paul demande pour faire un grand Evêque, elle a été toûjours pleine & toûjours lumineufe ; je puis neanmoins dire que les foins qu'il a pris pour éri-ger deux Seminaires, & le zele avec lequel il les a foûtenus, font l'endroit par où elle paroît la plus belle.

Je fuis, difoit fouvent cet humble Prelat, un fer-viteur inutile, mes pechez me font frayeur, & quand je penfe au choix qu'il a plu à Dieu faire de ma perfonne pour me mettre fur le Trône de fon Eglife, cette élevation me fait trembler, j'ofe pourtant efperer de fa clemence, qu'il ne contera pas avec moi en rigueur, & que les deux Semi-naires que j'ay établis pour fa gloire & pour le bien de fon Eglife m'obtiendront mifericorde. En effet il les a toûjours regardez comme deux puiffants Avo-cats qui folicitoient l'affaire de fon falut aupres de Dieu, il s'eft dépoüillé pour les revétir tous deux, il les a tous deux tendrement aimez comme les plus beaux & les plus faints ouvrages de fes mains.

Il

Il eſt neanmoins vray que celui d'Evreux étoit ſon Joſeph , * *eò quòd in ſeneĉtute genuiſſet eum.* Auſſi il lui a Gen. donné pendant ſa vie ce qu'il avoit de plus cher, c'eſt 37. à dire , ſa belle Bibliotheque ; & afin que perſonne ne doutât de la tendreſſe qu'il a toûjours euë pour lui , il a ſouhaité que ſon cœur y fût en dépoſt après ſa mort comme le plus aſſûré & le plus précieux gage de ſon amour.

Ouvrir liberalement ſa bourſe dans les rencontres , donner tous ſes Livres , menager toutes les occaſions de faire du bien , & ſe donner ſoy-même , c'eſt aſſûrément tout ce que peut faire une perſonne qui aime. C'eſt ainſi, grand Prelat, que vous en avez uſé envers le Seminaire d'Evreux , vous ne vous étes pas contenté de lui acheter un fond de vos deniers, & de contribuer comme vous avez fait à le bâtir & à le meubler, vous avez voulu partager avec lui vos revenus , & lui donner avant vôtre mort une ſomme conſidérable pour aider à faire l'Egliſe dont il a beſoin , * vous l'avez toûjours Iſaïe porté écrit dans vôtre cœur & dans vos mains , & 49. ſi vous aviez vécu eternellement , vous lui auriez fait eternellement du bien : Et comme ſi tout cela avoit été trop peu pour une ame auſſi grande que la vôtre , vous nous avez fait reſſentir à tous les effets de vôtre generoſité , vous avez fait l'honneur à nôtre Congregation de lui donner publiquement des marques de vôtre bonne volonté.

Permettez nous de vous en témoigner nos tres-

H

humbles reconnoiffances devant cette Illuftre Affem-
blée, permettez nous de rendre à vôtre mémoire
les tres profonds refpecs que nous devons à nôtre
Protecteur & à nôtre Pere, & de protefter tres
fincerement que nous oublirons plûtôt nôtre main
droite, * que de perdre le fouvenir des obligations
extrémes que nous avons à vôtre bonté, & que
nous fouhaitons que nos bouches * deviennent
muettes, fi nous manquons d'employer nos paroles à publier par tout vôtre liberalité, & d'offrir in-
ceffamment nos prieres à Dieu, afin de vous payer
en quelque façon l'intereft des graces que vous
nous avez faites.

Pfal.
136.

Pfal.
136.

La protection que ce S. Evêque a donnée aux
Conferences, & l'eftime qu'il a faite des perfonnes qui
les compofent, marquoient affez les grands fruits
qu'il en attendoit. Il a avoüé à l'Illuftre Abbé, *
au zele & à la prudence duquel les Conferances de
la Province doivent leur naiffance, leur union &
leur bel ordre, que les jours qui ont vû l'établiffement de ces faintes Compagnies dans fon Diocefe,
ont été pour lui des jours de Fêtes, & qu'il les con-
teroit toûjours entre les plus heureux de fon Epifco-
pat. Lors qu'on mît fon nom à la tefte de celle
d'Evreux il lui fembla qu'on l'écrivoit dans le livre
de vie. Vous vous fouvenez, Meffieurs, qu'il l'a
conftamment honorée de fa prefence, vous fçavez que quand il nous a fait l'honneur d'y parler,
ça été avec autant de Modeftie que s'il avoit été

Monf.
l'Abbé
l'Val-
de her.
ric

le dernier de l'Assemblée , & vous lui avez entendu dire qu'il souhaittoit que Dieu le punît s'il s'en absentoit sans raison.

Platon mettoit au nombre des plus grandes faveurs qu'il eût reçûës de Dieu le bon-heur qu'il avoit eü de venir au monde du temps de Socrate , & d'avoir été témoin de la sagesse de ce Philosophe. Messieurs , ce Payen nous feroit nôtre procez , si nous ne sçavions pas reconnoitre la grace que le Ciel nous a faite de nous donner un Prelat , dans la conduite duquel nous avons vû toutes les vertus en un degré heroique , qui c'est fait un point de gloire de nous regarder comme ses compagnons , & qui ne s'est servi de l'authorité qu'il avoit sur nous , que pour nous aprendre l'humilité par ses exemples. Il sçavoit qu'il étoit Evêque ; mais il n'ignoroit pas qu'il ne fût Prestre ; aussi ces maximes n'ont point été pour nous des maximes d'Empire & de hauteur , mais de communication & de tendresse , il auroit crû nous faire une injustice , s'il ne nous avoit pas traittez comme Aaron traittoit ses enfans, pour me servir de la pensée de saint Hierôme. *

Et comme on n'est pas exempt des foiblesses humaines, pour être revêtu du Sacerdoce , si quelque membre du Clergé ne s'est pas toûjours souvenu de ce qu'il devoit à sa conscience & à son ministere, & s'il a voulu revenir de son égarement, il n'a point eü d'autre penitence de sa faute , que l'honneur

Ep. ad Nepot.

de manger à la table de ce faint Prelat , & de reçevoir des careffes de la bonté qui lui étoit fi naturelle.

Que nos Conferences font heureufes d'avoir eü
un fi Illuftre Chef! Quel avantage pour elles d'a-
voir été cultivées d'une main fi digne ? Comment
ne porteroient elles pas du fruit ayant été arofées des
larmes d'un fi homme de bien ? Je le fçay , Meffieurs , quand elles ont commencé dans fon Diocefe , fes yeux ont été les interprétes de la joye que
fon cœur en reffentoit , & fes larmes en ont confacré la naiffance.

Suivons-le , s'il vous plaift , dans la Champagne
& dans le Poitou , & nous le verrons fe fignaler
par fa pieté dans ces deux Provinces comme en
Normandie & en Languedoc. Les Abbayes de
faint Denis , & de l'Ifle Chauvet avoient paffé par
plufieurs mains , fans en avoir trouvé qui euffent
réparé leurs ruines. Elles avoient été les fiecles en-
tiers des terres couvertes d'épines & de ronces , l'une
étoit fans Religieux & l'autre fans Religion. La
gloire d'y mettre la Reforme étoit dûë au Prelat
dont nous pleurons la mort. En effet fi-tôt qu'il
s'en eft vû le Commendataire , il s'eft bien plus ap-
pliqué a y faire revivre l'ancien efprit de leur Ordre , qu'a en toucher les revenus , & il ne feroit pas
mort content s'il n'y avoit entendu chanter les Can-
Pfal. tiques de Sion * & s'il ne les avoit vûës toutes deux
131. par fa fage conduite confiées à de faints Religieux

qui

qui font autant d'Hosties dont l'odeur monte jusqu'au Trône de Dieu , & autant de Moyses qui
prient sur la montagne , & qui élevent leurs mains
toutes pures au Dieu de Jacob , pendant que Josué
combat les Amalecites , & qu'il les taille en pieces. *Exo.17

Apres tout il auroit manqué quelque chose à sa gloire
si ayant travaillé infatigablement à faire des Saints sur
la terre, il ne s'étoit pas distingué à faire Couronner
le merite de ceux du Ciel. François de Sales lui en a
fourni l'occasion. Toute la France brûloit du de-
sir de voir ce bien-heureux comblé d'honneur sur
la terre , comme il l'étoit de gloire dans le Paradis.
Toute la France a jetté les yeux sur Monseigneur
d'Evreux pour lui mettre cette honorable Com-
mission entre les mains. Toute l'Europe a vû & beni
le succés que Dieu lui a donné. Son exatitude ,
sa prudence & son discernement dans une affaire
si delicate ont été loüez par Alexandre septiéme.

La préference que ce Pontife lui a donnée dans
les plus grandes ceremonies , les presens qu'il lui
a faits, le plaisir qu'il a pris à l'entretenir ; mais
particulierement la maniere obligeante dont il le
parla , quand on aprît à Rome que l'Archevêché
de Paris étoit vacant , marquent assez le jugement
qu'il faisoit de sa personne , & sans les broüilleries
qui arriverent pour lors , il avoit dessein de l'honorer d'une façon qui auroit fait connoître à toute
l'Eglise combien il estimoit sa vertu & ses grands
talens.

On sçait que le Roy lui fit un acueil des plus favorables à son retour en France, pour lui témoigner la satisfaction qu'il avoit de son voyage. Et que la Reyne qui ne l'avoit jusques là consideré que comme son sujet, le regarda toûjours depuis comme son pere. Cette judicieuse Princesse se sentoit touchée de respec pour un Prelat qui en étoit si digne, elle ne pouvoit souffrir qu'il fût debout, ou découvert en sa presence, il étoit obligé de s'asseoir & de se couvrir pour ne lui pas déplaire, & un peu auparavant qu'elle mourût, voyant ce fidelle serviteur demander à Dieu pour elle avec sa ferveur ordinaire les graces dont elle avoit besoin dans cette conjoncture perilleuse, elle fit sortir tous ceux qui étoient dans sa chambre, afin d'avoir la consolation de l'entendre encore une fois parler de Dieu & des veritez eternelles, & pour lui dire qu'elle mouroit comme elle avoit vécu dans une parfaite estime pour lui, & qu'elle avoit bien de la douleur de n'avoir pas assez reconnu les services qu'il lui avoit rendus avec tant de cœur & de fidelité.

Les pauvres ayant été ses amis, & ayant eu si bonne part aux revenus de ses Benefices, je ne m'étonne pas qu'il les ait déclarez ses Legataires universels par sa derniere volonté. Il est naturel que les choses retournent à leur principe. Il est juste que ce qui est venu du Crucifix retourne au Crucifix. En user d'une autre maniere, c'est au juge-

ment de faint Hierôme & de faint Bernard un fa-
crilege horrible , & un larcin plus cruel devant
Dieu que celui de tous les brigants. *Sacrilegium eſt,* Ep. ad
furtum eſt , quod omnium prædonum crudelitatem ſuperat. Nepot.
Mais ce qui me furprend , & ce que je trouve admirable , c'eſt de voir ce grand Prelat tout Couronné de gloire , fe dépoüiller de fa grandeur avec
joye , & mettre tous fes trophées au pied de la Croix
avec le même cœur , & le même repec que les
faints Viellards de l'Apocalypfe * dépofent leurs Apocal
Couronnes devant le Trône de l'Agneau. 4.

La plus belle action de l'Empereur Charles Quint, fi
celebre par le nombre de fes Couronnes & par le cours
de fes victoires, a été la démiffion qu'il fit de l'Empire entre les mains de fon frere Ferdinand, & de tous
fes Royaumes entre celles de fon fils Philippe dans les
Etats de Bruxelles , fans réferver pour foy que le loifir
d'effacer les faliffûres de fa vie par fes larmes. L'ab-
dication genereufe de Monfeigneur d'Evreux eſt
une grandeur d'ame qui le met de bien loin au
deſſus de tout ce qu'il a fait de rare , & tout le
monde avoüe apres un Prince dont le jugement
ne vaut pas moins que celui de Salomon , qu'il ne
pouvoit faire le Couronnement de tant d'actions
glorieufes & édifiantes d'une plus belle main , que
de fe mettre en état de goûter les douceurs de
Marie , apres avoir rempli fi dignement l'office de
Marthe.

Ce qui nous manque , & que nous aurons toûjours sujet de regretter, c'est l'histoire de sa vie écrite de sa main. S'il nous avoit fait ce present d'un stile aussi brillant, aussi plein & aussi pompeux que celui dont il a écrit la vie de saint François de Salles, & de la mere de Chantal, & l'Oraison Funebre de Monsieur Vincent, sans doute les Commentaires de Henry vaudroient bien ceux de Cesar; & nous aurions le plaisir de voir dans ce volume tous les devoirs d'un veritable Chrétien & d'un parfait Ecclesiastique. Nous aurions le plaisir d'y voir une infinité d'actions également pures dans leurs principes, & dans leur fin, & une infinité d'exemples dont nous ne pourrions assez profiter.

Il est vray que les Dioceses du Puy & d'Evreux. La Flandre, la Loraine, la Savoye, la France & l'Italie, sont de grands Livres qui parlent bien haut à son honneur. Ces vastes contrées ont été le theatre de ces actions, & elles seront à jamais les monuments de sa gloire. Les Cours de Naples, de Florence, de Savoye, de Rome & de France ont respecté son éloquence, & admiré sa vertu & les grandes qualitez qui accompagnoient sa personne ; & les Testes Couronnées lui ont rendu des honneurs qu'elles n'acordoient pas aux Princes, & qui donnoient de la jalousie aux premiers Officiers de leur Couronne.

Mais helas! qu'est devenuë toute cette grandeur! elle n'étoit qu'une ombre, & elle a passé comme une ombre *transierunt omnia illa tanquam umbra.* * Ou

Sap. 5.

font

font les loüanges que tant de monde lui a don-
nées ! où font les applaudiſſemens qu'il a reçûs !
où font les Palmes qu'il a ſi ſouvent cueillies de-
dans & dehors le Royaume ! *tranſierunt omnia illa* Sap.
tanquam umbra. Dequoy tout cela lui a-t'il ſervi, 5.
ſinon à groſſir ſon conte devant celui dont les jugemens ſont plus * éloignez de ceux des hommes *Iſaïe*
que le Ciel ne l'eſt de la terre , & qui ne peut ſouf- 55.
frir d'autre grandeur que la ſienne.   Ah ! s'il lui
étoit permis de ſortir preſentement de ſon tombeau & de nous parler, qu'il nous feroit d'éloquen-
tes leçons ſur cet article ! & ſi ceux qui l'adoroient
pendant ſa vie étoient témoins de l'effroyable état
où la mort l'a réduit, ils changeroient bien de ton ,
& ils avoüroient que les plus grands hommes ne
font que des ſtatuës de boüe , & leurs yeux ne
pouroient voir un Prince de l'Egliſe grand de Naiſſance , grand de courage , grand de corps & d'eſ-
prit , & encor plus grand de vertu , réduit à être
la victime des vers ſans ſe ſentir ſaiſis d'effroy à la
vûë d'un ſi épouventable changement , & ſans que
leur pitié donnaſt des larmes à ces cendres.

Hei mihi ! qualis erat , quantum mutatur ab illo
    Hectore &c.

Meſſieurs , vous en jugerez comme il vous plai-
ra , pour moi je ne ſçaurois le feliciter d'avoir été
grand ; & d'avoir eu le cœur & la main des Souverains ; mais je l'eſtime bien-heureux de ce que
l'éclat de ſa fortune n'a pas été capable d'alterer

K

ſon innocence , & de ce qu'au milieu de ſes grandeurs il a ſçû humilier veritablement ſes yeux & ſon

Pſal.
130. cœur,* ſe tenir petit lors que tout le monde l'ap-
peloit grand , & aquiter avec uſure toutes les obligations de ſon Baptême & de ſon ordination. C'eſt
de cela que je l'eſtime infiniment heureux , & c'eſt
cela ſeul qui fera eternellement ſa Couronne.

Sa mort a été une mort précieuſe devant le Seigneur, puis que ſa vie a eu toutes les marques d'une
ſainteté achevée. Son cœur, ſa bouche & ſa main
ont marché de même pas dans le chemin de la per-
fection. Détruire le peché , établir la vertu , faire toûjours du bien , ſont trois choſes qui ont fait
toute ſa politique. Ses jours ont été pleins , le cou-
chant en a été auſſi beau que le midi. Ainſi nous
avons tout ſujet de croire qu'il eſt maintenant l'un
de ces Aſtres qui brilleront dans toutes les eterni-

Dan.
12.
Heb.6. tez,* & que Dieu a déja Couronné ſes victoires ,
non enim iujuſtus eſt deus , ut obliviſcatur operis veſtri. *
Neanmoins comme Dieu eſt terrible dans ſes
conſeils ſur les enfans des hommes , & que ſes yeux
découvrent des taches dans le Soleil, & des defauts
dans les Anges : Peut être que nôtre ſaint Prelat
doit encor quelque choſe à ſa juſtice , car il eſt
aiſé de ſe ſalir dans les actions même des plus émi-
nentes vertus , & en ſanctifiant les autres : Peut êrre
qu'il a beſoin qu'on lui rompe ſes chaînes : Peut
être qu'il nous tend les mains pour nous demander un ſecours qu'il ne ſçauroit ſe procurer que par

nôtre moyen. Continuons donc, Messieurs, continuons nos vœux & nos sacrifices pour lui faire connoître que s'il a eu pour nous un cœur de pere , nous ayons pour lui des cœurs de veritables enfans , & que si sa Charité lui a fait tout entreprendre pour nôtre salut , nous n'oublions rien pour le mettre en possession de la gloire.

F I N·

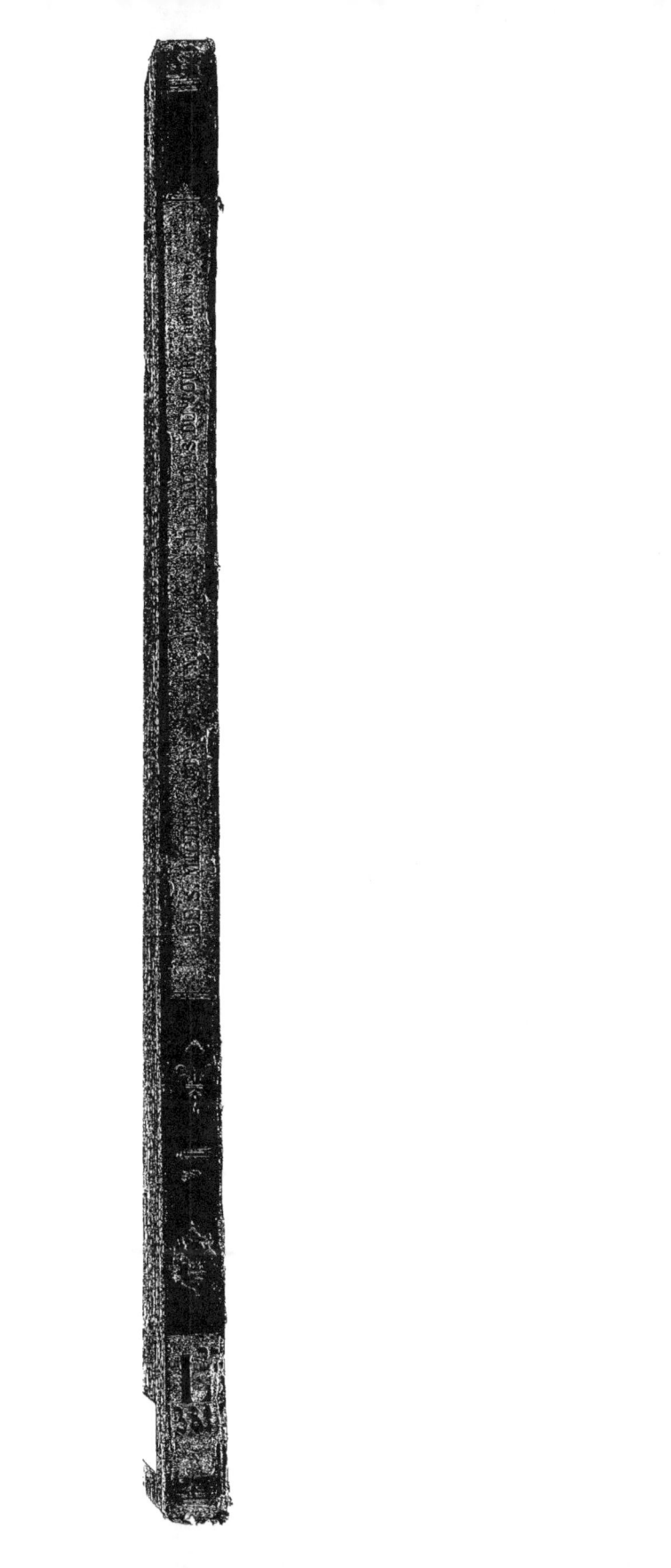

www.ingramcontent.com/pod-product-compliance
Lightning Source LLC
Chambersburg PA
CBHW071252210626
46818CB00013B/1395